I want to make smiley flowers bloom
Hiki Sara

2005-2017

Content
目次

Chapter 1

笑顔の花を咲かせたい

さあさあ　ページをめくりましょう
楽しい世界へとご招待いたします
虹色の風に乗せて
黄金のひとときをお届けします

真心

世間に惑わされるより
自分を信じよう
どうすればいいのか
自分が教えてくれる
自分の真心が
教えてくれる

証し

争わないで
泣かないで
苦しまないで
そんなに
余生は長くないのだから
それよりも
確かにここにいたという証しを
心に刻もう

いいんだ

これでいいんだ
シンプルでいいんだ
肩を張らなくていいんだ
競り合わなくていいんだ
自然でいいんだ
難しいと思わなくていいんだ
笑っていればいいんだ
ビクビクしなくていいんだ
素直になればいいんだ

私の道

私って愚かだなあ
どうしようもないなあ
こんな私でも
歩いていける道は
必ずあるはずだから
これでいいんだよね
愚かな私を
見守ることにしよう
愛することにしよう

前へ前へ

星は流れる
川も流れる
前へ前へと
私も歩いてゆく
明るくても
暗くても
どんな出会いがあろうとも
どんな別れがあろうとも

プレゼント

満足じゃないけど
そんなに
悪くもなかった
私にプレゼントした
私の人生

朝日

毎日
朝日を浴びよう
お日さまの光が
あなたに浸透し
あなたは輝き出し
あなたの真心が発動する
お日さまのような人になる

夢

遠い空
深い海
鳥になって
魚になって
羽ばたきたい
潜りたい
空の上
海の底
まだ見ぬ夢を
叶えたい

愛

たくさんの愛を
両手いっぱいの愛を
差しあげましょう
幸せのピンク色にしてくれて
ありがとう
この世の幸せは
あの世の幸せ
すべての粒子がキラキラと
光輝いています

感動

感動したい
そして
感動を伝えたい
曇った顔を明るくしたい
笑顔の花を咲かせたい
みんなと一緒に笑いたい

拠り所

煌《きら》めく星の夜も
輝く太陽の朝も
私はずっとここにいる
立派かどうかなんて
どうでもいい
誰かの心の拠り所にでも
なっているのなら
それでいい

体験

不思議な人には
不思議なことがやってくる
喜ぶ人には
喜ぶことがやってくる
体験したくて
ここにいるのだから
そのようなことが
そのような人に
やってくるんだよね

正直

本当に
それでいいのかい
モヤモヤを抱えたままで
楽しめるのかい
小さなことにも正直に
イヤなことは
イヤと言おう

台本

台本を書きかえよう
ワクワクしながら
煌《きら》めく毎日を
送るために
まず私が変わろう

光の中

繰り返される日々の営み
いつかは
光の中に溶けていく
手を取り合ったり
手を離したり
輪廻のえにしを織り上げて
虹の一《ひと》色に還っていく

Chapter 2

いつでもハッピー

とってもちっちゃなことですが

”心“にとっては何よりも大事なことです

「私をもっと大切にして！」って叫んでる

”心“からの大きな願いです

奇蹟

楽しいな
楽しいな
あなたがいる
私がいる
今ここにいる
おのおのの願いを叶えながら
奇蹟のようなこの世界にいる

こだま

「ああしたい」
「こうしたい」
「こうありたい」
「ああなりたい」
ささやかな想いが空にこだまする
生きていてよかった　この空の下
見守っています　あの空の上

枠

枠が与えられているからこそ
枠から出ようと試みる
心地よい空間を創り出し
そこで生きていこうと決意する
あなたが周りを変えていく

錠前

どこから行ってもいいよ
どんな方法でもいいよ
一番楽しめるやり方でね
それぞれにふさわしい錠前を
生まれる時に持って出ている

思い

こんなちっぽけな私だけど
この宇宙《そら》に充満する
喜びや悲しみを
感じることができる
思いは届いています
ちゃんと届いています

希望

何もできないからといって
腐ることはない
あなたがここにいることが
希望なのだ
顔をあげて笑いなさい
受け取るだけでいいんです
周りは自在に変化する

気づき

気づきは
どこからともなくやってくる
内から外からと
同時にやってきて
中空《なかぞら》あたりでスパークする
「そうなんだ！」
「そうだよ！」
気づくのを待ち構えているのかな

祝福

私がここにいたことは
私が覚えていればいい
いさせてくれてありがとう
限りない祝福を
すべての人に贈りたい

あなた

あなたが嬉しいと
私も嬉しい
あなたが哀しいと
私も哀しい
あなたを感じながら
私は生きています

そっと

ただそっと
見守るだけで
いいですか
信じています
愛しています

ハッピー

トレビアンな幸せ
あなたと共に歩みましょう
どれだけキュートでいられるかな
ふたりでひとつの心だから
いつでもハッピー

先へ先へ

いつのまにか流れ出していた
ずっと留まったままだったのに
もうもとには戻れない
先へ先へと行くばかり
もちろん
いいことが待っている

季節の中で

秋になれば紅葉《もみじ》がきれい
冬になれば雪景色
季節の中で生かされて
みんなの小さな胸の中に
小さな夢が宿る

宝物

急ぐことはありません
ゆっくり行きましょう
私はあなた
あなたは私
すごい宝物を
心の奥に持っていること
私は知っています

よくなる

いろいろあったけど
忘れよう
これから先は
どんどんよくなる
ワクワク
ドキドキ
ゆううつなことなど
吹っ飛んじゃう

ときめき

今夜は寒くなりそうだ
月が語りかけてくる
——一期一会は
生涯で
たった一度の出会いだよ

今　この瞬間の生命《いのち》のときめき
やるだけのことをやってみよう

虹の道

虹の道を歩いて
光をいっぱい吸い込んで
どこまでも
どこまでも
行ってみよう
色《ひかり》の妖精　こんにちは
光《かげ》の番人　ありがとう

起点

ゆっくり花野を歩きましょう
来し方行く末に
考えを巡らせれば
こんなにも豊かになった
自分がいる
楽しさも侘びしさも知っている
喜びも悲しみも味わった
ここを起点に世界がある

眠りの天使

精いっぱい　今日を生きよう
「今日はこれでよかった」
と思い　眠りにおちるまで
眠りの天使が
夢を運んできてくれる
見えないものを
見えるようにしてくれる

Chapter 3

勇気の言霊

私は私　あなたはあなた
でもでも　私はあなた　あなたは私
バラバラなものがひとつになります　永遠に
どうでしょう　こんな世界

嬉しい

またひとつ
知らずにいたことを
知ることができた
雨が上がって
お日さまが出てきた
そのときのように
嬉しい

ひょいと

探しているときには
見つからない
「もういいや」って
諦めて
忘れた頃に
ひょいと見つかる
不思議だね

ひとつずつ

あなたにひとつ
私にひとつ
周りの人にも
ひとつずつ
天の恵みを
分けましょう
この中の
誰が欠けても
つまらない

サンキュー

怒りに
恐れに
悲しみに
バイバイ
そして
サンキュー

ありがとうと
言われる人に
なりたいな

今

私が今
感じたこと
私がいつも
分かっていて
あげたい

歓喜の粒

スイスイ　ユラユラ
ワクワク　リンリン
楽しいが大きくなる
あたたかいに包まれる
歓喜の粒に満たされる
このまま　このまま

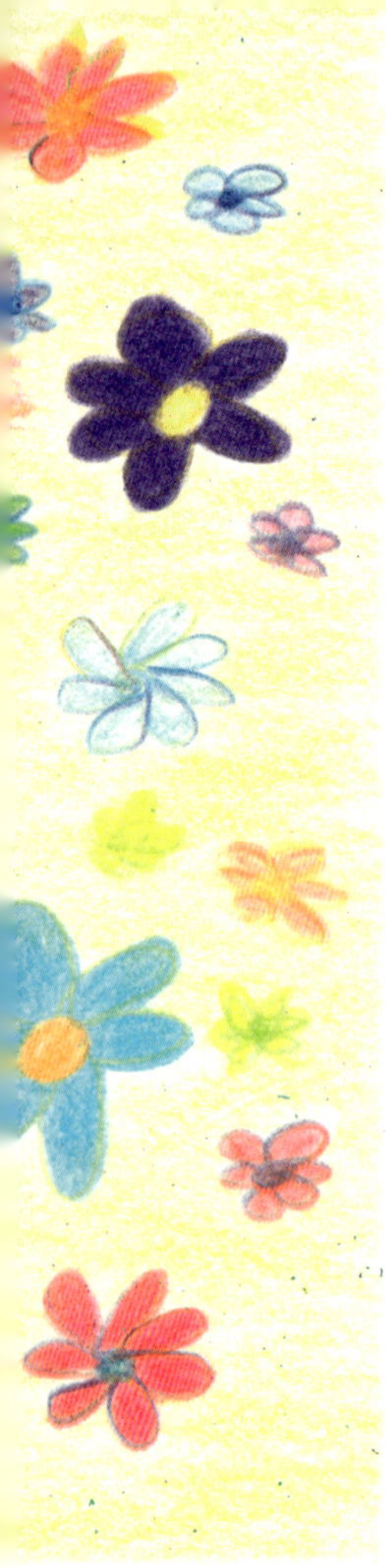

天使さん

無垢な心の天使さん
どんな色に染まるのかな
いろんな色があるけれど
どの色がお好きでしょう
どんな色にも染まりたくない？
それは　それは
天使さんに任せましょう

深呼吸

ひらめいたり落ち込んだり
喜んだり悔やんだり
街にあふれるいろんな想い
もしも
黒い想いを
吸い込んでしまったときは
深呼吸　深呼吸

自由

「そんなことないよ」
もうひとりの私が言う
小さな声で　はっきりと……

小さな声に従えば
いつか自由になれるかな
そのときは
「ね、そうだったでしょ！」
って言うかな

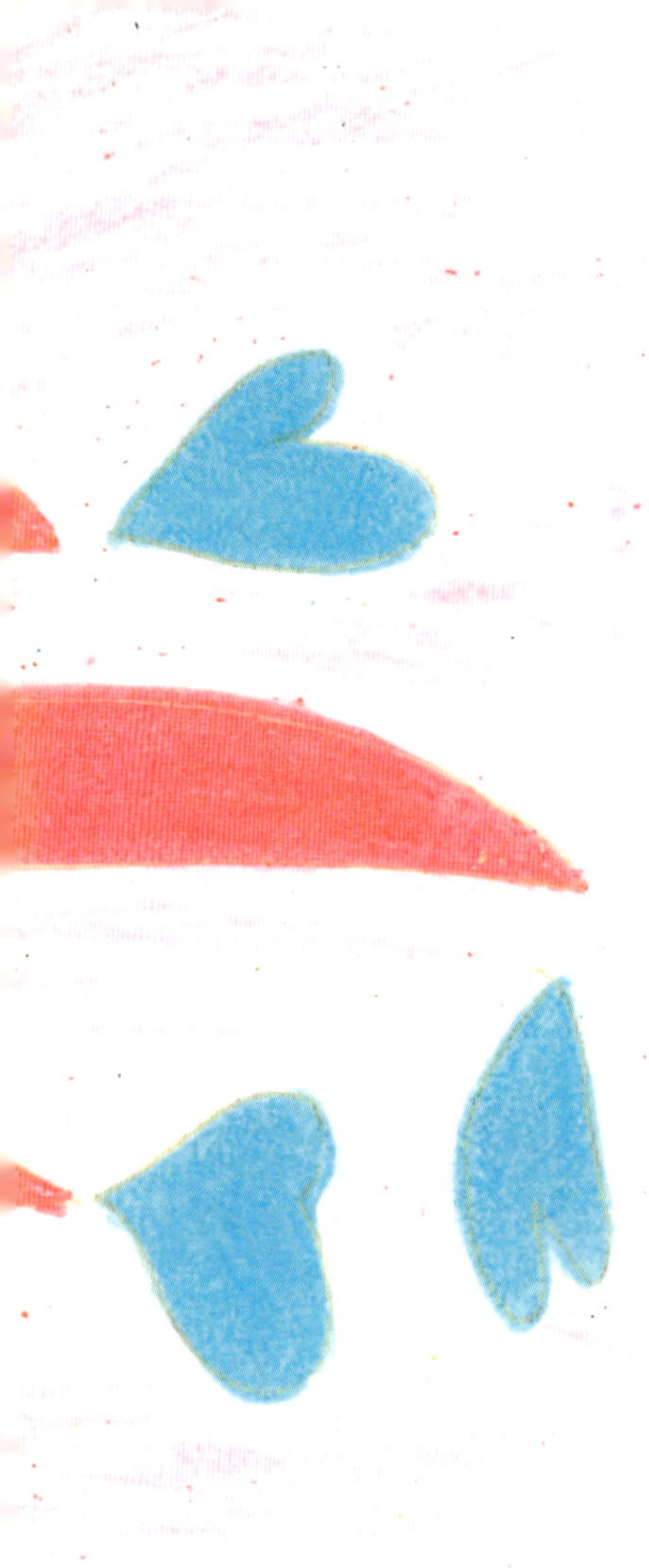

恩恵

求めよう
与えられるまで
そして
捧げよう　愛を
混乱の中に見つけた
恩恵を　あなたに

やわらかに

やわらかに
あたたかに
ありのままに
ゆったり
のんびり
笑いましょう

おそうじ

汚れたものを
吸って吸って
吸い込んで
きれいにおそうじ
空の上でやっている
「もう汚さないでね」

やすらぎへ

心を落ちつかせて……
ここに吹く
透明な風
やすらぎへと
導いてくれる

勇気

舞い上がる
湧き上がる
言の葉
自分を豊かにすれば
みんなが豊かになれる
勇気の言霊《ことだま》

天女

自分自分の自国《じごく》から
解き放たれよう
狭い国では
生きてゆけない
私は天女
天かける宙人《そらびと》

毎日

さあ　行きましょう
障害もあるでしょう
それはいつもつきものです
それさえも楽しみましょう
毎日を
つまらないものに
しないために

あとがき

浮かぶままに絵を描き、その絵を見ながら、降りてくる言葉や情景などをもとに詩を書いています。

それは、どこから降りてくるのでしょう。いつも励まし、かたくなさを解きほぐし、素直な気持ちに戻してくれて、皆とつながることの喜びを伝えてくれます。私には、目に見えない広い世界からやってくる叡智のようにも思えるのです。

自分の心の中にある小さな思いや、心の片隅に突然訪れるひらめきなどに気づいていますか。それとも、そんなことは気にしませんか。

気づくことは自分への思いやりであり、自分を大切にするということだと感じています。自分を大切にすることができれば、自分以外の多くの人の中にも、自分と同じような小さな思いやひらめきなどがあるのだということにも気づくことができます。そして、多くの人の喜びや悲しみなどにも思いを馳せることができるようになります。

どんどん世界が広がっていきます。私たちを本来の私たちへと導いていってくれるのではないかと思っています。

今まで描いてきたものを、こうして皆さまに見ていただけることになり嬉しく思います。

見えないものを大切に
おしゃべりよりも沈黙を
宇宙《こころ》があなたに語りかける

日木　更

日木 更 Hiki Sara

2002年から詩とイラストの制作をはじめる。
こころの声によりそい、浮かぶままに表現する。
栃木県在住。

笑顔《えがお》の花《はな》を咲《さ》かせたい

2018（平成30）年2月18日　初版第1刷発行

著　者　日木更
制　作　下野新聞社
〒320-8686　栃木県宇都宮市昭和1-8-11
電話 028-625-1135（編集出版部）FAX 028-625-9619
http://www.shimotsuke.co.jp/
印　刷　株式会社井上総合印刷
装　丁　株式会社コンパス・ポイント

ISBN978-4-88286-674-9　C0092